GIL VICENTE

a Farsa de inês pereira

Copyright desta edição © 2015 by Edipro Edições Profissionais Ltda.

Todos os direitos reservados. Nenhuma parte deste livro poderá ser reproduzida ou transmitida de qualquer forma ou por quaisquer meios, eletrônicos ou mecânicos, incluindo fotocópia, gravação ou qualquer sistema de armazenamento e recuperação de informações, sem permissão por escrito do editor.

Grafia conforme o novo Acordo Ortográfico da Língua Portuguesa.

1ª edição, 1ª reimpressão 2022.

Editores: Jair Lot Vieira e Maíra Lot Vieira Micales
Coordenação editorial: Fernanda Godoy Tarcinalli
Produção editorial: Fernanda Rizzo Sanchez
Revisão: Ana Paula Luccisano
Editoração eletrônica: Estúdio Design do Livro
Arte da capa: Estúdio Design do Livro

Dados Internacionais de Catalogação na Publicação (CIP)
(Câmara Brasileira do Livro, SP, Brasil)

Vicente, Gil, 1465-1536.
 A farsa de Inês Pereira / Gil Vicente. – São Paulo : Via Leitura, 2015.

 ISBN 978-85-67097-15-2

 1. Teatro português I. Título.

15-04963 CDD-869.2

Índice para catálogo sistemático:
1. Teatro : Literatura portuguesa : 869.2

VIA LEITURA

São Paulo: (11) 3107-7050 • Bauru: (14) 3234-4121
www.vialeitura.com.br • edipro@edipro.com.br
 @editoraedipro @editoraedipro

A FARSA DE INÊS PEREIRA

A seguinte farsa de folgar foi representada ao muito alto e mui poderoso rei D. João, o terceiro do nome em Portugal, no seu Convento de Tomar, era do Senhor de MDXXIII.

O seu argumento é que porquanto duvidavam certos homens de bom saber se o Autor fazia de si mesmo estas obras ou se furtava de outros autores, lhe deram este tema sobre que fizesse: segundo um exemplo comum que dizem: *mais quero um asno que me carregue, que um cavalo que me derrube.* E sobre este motivo se fez esta farsa.

As figuras são as seguintes: Inês Pereira; sua Mãe; Lianor Vaz; Pêro Marques; dous Judeus (um chamado Latão, outro Vidal); um Escudeiro com um seu Moço; um Ermitão; Luzia e Fernando.

Finge-se que Inês Pereira, filha de uma mulher de baixa sorte, muito fantasiosa, está lavrando em casa, e sua mãe é a ouvir missa, e ela canta esta cantiga:

Canta Inês

Quien con veros pena y muere
Que hará quando no os viere?

(Falando)

Inês
Renego deste lavrar
E do primeiro que o usou;
Ó diabo que o eu dou,
Que tão mau é d'aturar.
Oh Jesus! que enfadamento,
E que raiva, e que tormento,
Que cegueira, e que canseira!
Eu hei de buscar maneira
D'algum outro aviamento.

Coitada, assi hei de estar
Encerrada nesta casa
Como panela sem asa,
 Que sempre está num lugar?
E assi hão de ser logrados
Dous dias amargurados,
 Que eu possa durar viva?
E assim hei de estar cativa
Em poder de desfiados?

Antes o darei ao Diabo
Que lavrar mais nem pontada.
Já tenho a vida cansada
De fazer sempre dum cabo.
Todas folgam, e eu não,
Todas vêm e todas vão
Onde querem, senão eu.
Hui! e que pecado é o meu,
Ou que dor de coração?

Esta vida mais que morta.
Sam eu coruja ou corujo,
Ou sam algum caramujo
Que não sai senão à porta?
E quando me dão algum dia
Licença, como a bugia,
Que possa estar à janela,
É já mais que a Madalena
Quando achou a aleluia.

Vem a Mãe, e não na achando lavrando, diz:

Mãe
Logo eu adivinhei
Lá na missa onde eu estava,
Como a minha Inês lavrava
A tarefa que lhe eu dei...
Acaba esse travesseiro!
Hui! Nasceu-te algum unheiro?
Ou cuidas que é dia santo?

Inês
Praza a Deos que algum quebranto?
Me tire do cativeiro.

Mãe
Toda tu estás aquela!
Choram-te os filhos por pão?

Inês
Prouvesse a Deus! Que já é razão
De eu não estar tão singela.

Mãe
Olha de ali o mau pesar...
Como queres tu casar
Com fama de preguiçosa?

Inês
Mas eu, mãe, sam aguçosa
E vós dais-vos de vagar.

Mãe
Ora espera assi, vejamos.

Inês
Quem já visse esse prazer!

Mãe
Cal'-te, que poderá ser
Que "ame a Páscoa vêm os Ramos".
Não te apresses tu, Inês.
"Maior é o ano que o mês":
Quando te não precatares,
Virão maridos a pares,
E filhos de três em três.

Inês
Quero-m'ora alevantar.
Folgo mais de falar nisso,
Assi me dê Deos o paraíso,
Mil vezes que não lavrar.
Isto não sei que me faz.

Mãe
Aqui vem Lianor Vaz.

Inês
E ela vem-se benzendo...

(Entra Lianor Vaz)

Lianor
Jesus a que me eu encomendo!
Quanta cousa que se faz!

Mãe
Lianor Vaz, que é isso?

Lianor
Venho eu, mana, amarela?

Mãe
Mais ruiva que uma panela.

Lianor
Não sei como tenho siso!
Jesus! Jesus! que farei?
Não sei se me vá a el-Rei,
Se me vá ao Cardeal.

Mãe
Como? E tamanho é o mal?

Lianor
Tamanho? Eu to direi:
Vinha agora pereli
Ó redor da minha vinha,
E hum clérigo, mana minha,
Pardeos, lançou mão de mi;
Não me podia valer
Diz que havia de saber
S'era eu fêmea, se macho.

Mãe
Hui! Seria algum muchacho,
Que brincava por prazer?

Lianor
Si, muchacho sobejava
Era hum zote tamanhouço!
Eu andava no retouço,
Tão rouca que não falava.
Quando o vi pegar comigo,
Que m'achei naquele p'rigo:
– Assolverei! – não assolverás!
– Tomarei! – não tomarás!
– Jesus! homem, qu'has contigo?

– Irmã, eu te assolverei
Co breviairo de Braga.

– Que breviairo, ou que praga!
Que não quero: aqui d'el-Rei! –
Quando viu revolta a voda,
Foi e esfarrapou-me toda
O cabeção da camisa.

Mãe
Assi me fez dessa guisa
Outro, no tempo da poda.

Eu cuidei que era jogo,
E ele... dai-o vós ao fogo!
Tomou-me tamanho riso,
Riso em todo meu siso,
E ele deixou-me logo.

Lianor
Si, agora, eramá,
Também eu me ria cá
Das cousas que me dizia:
Chamava-me "luz do dia".
– "Nunca teu olho verá!" –

Se estivera de maneira
Sem ser rouca, bradar'eu;
Mas logo m'o demo deu
Catarrão e peitogueira,
Cócegas e cor de rir,
E coxa pera fugir,
E fraca pera vencer:
Porém pude-me valer
Sem me ninguém acudir...

O demo (e não pode al ser)
Se chantou no corpo dele.

Mãe
Mana, conhecia-te ele?

Lianor
Mas queria-me conhecer!

Mãe
Vistes vós tamanho mal?

Lianor
Eu m'irei ao Cardeal,
E far-lhe-ei assi mesura,
E contar lhe-ei a aventura
Que achei no meu olival.

Mãe
Não estás tu arranhada,
De te carpir, nas queixadas?

Lianor
Eu tenho as unhas cortadas,
E mais estou tosquiada:
E mais pera que era isso?
E mais pera que é o siso?
E mais no meio da requesta
Veio um homem de uma besta,
Que em vê-lo vi o p'raíso,
E soltou-me, porque vinha
Bem contra sua vontade.
Porém, a falar a verdade,
Já eu andava cansadinha:
Não me valia rogar
Nem me valia chamar:
– "Aquele de Vasco de Fois,
Acudi-me, como sois!"
E ele... senão pegar:

– Mais mansa, Lianor Vaz,
Assi Deus te faça santa.
– Trama te dê na garganta!
Como! Isto assi se faz?
– Isto não revela nada...
– Tu não vês que são casada?

Mãe
Deras-lhe, má hora, boa,
E mordera-lo na coroa.

Lianor
Assi! Fora excomungada.

Não lhe dera um empuxão,
Porque sou tão maviosa,
Que é cousa maravilhosa.
E esta é a conclusão.
Deixemos isto. Eu venho
Com grande amor que vos tenho,
Porque diz o exemplo antigo
Que a amiga e bom amigo
Mais aquenta que o bom lenho.

Inês está concertada
Pera casar com alguém?

Mãe
Até agora com ninguém
Não é ela embaraçada.

Lianor
Eu vos trago um casamento
Em nome do anjo bento.
Filha, não sei se vos praz.

Inês
E quando, Lianor Vaz?

Lianor
Eu vos trago aviamento.

Inês
Porém, não hei de casar
Senão com homem avisado
Ainda que pobre e pelado,
Seja discreto em falar.

Lianor
Eu vos trago um bom marido,
Rico, honrado, conhecido.
Diz que em camisa vos quer.

Inês
Primeiro eu hei de saber
Se é parvo, se sabido.

Lianor
Nesta carta que aqui vem
Pera vós, filha, d'amores,
Veredes vós, minhas flores,
A discrição que ele tem.

Inês
Mostrai-ma cá, quero ver.

Lianor
Tomai. E sabedes vós ler?

Mãe
Hui! e ela sabe latim
E gramática e alfaqui
E tudo quanto ela quer!

Inês
(lê a carta)

"Senhora amiga Inês Pereira,
Pêro Marquez, vosso amigo,
Que ora estou na nossa aldeia,
Mesmo na vossa mercê
M'encomendo. E mais digo,
Digo que benza-vos Deos,
Que vos fez de tão bom jeito.
Bom prazer e bom proveito
Veja vossa mãe de vós.

Ainda que eu vos vi
Est'outro dia folgar
E não quisestes bailar,
Nem cantar presente mi..."

Inês
Na voda de seu avô,
Ou onde me viu ora ele?
Lianor Vaz, este é ele?

Lianor
Lede a carta sem dó,
Que inda eu são contente dele.

Prossegue Inês Pereira a carta:

"Nem cantar presente mi.
Pois Deos sabe a rebentinha
Que me fizestes então.
Ora, Inês, que hajais bênção
De vosso pai e a minha,
Que venha isto a conclusão.
E rogo-vos como amiga,
Que samicas vós sereis,
Que de parte me faleis
Antes que outrem vo-lo diga.
E, se não fiais de mi,
Esteja vossa mãe aí,
E Lianor Vaz de presente.

Veremos se sois contente
Que casemos na boa hora."

Inês
Des que nasci até agora
Não vi tal vilão com'este,
Nem tanto fora de mão!

Lianor
Não queirais ser tão senhora.
Casa, filha, que te preste,
Não percas a ocasião.

Queres casar a prazer
No tempo d'agora, Inês?
Antes casa, em que te pês,
Que não é tempo d'escolher.
Sempre eu ouvi dizer:
"Ou seja sapo ou sapinho,
Ou marido ou maridinho,
Tenha o que houver mister."
Este é o certo caminho.

Mãe
Pardeus, amiga, essa é ela!
"Mata o cavalo de sela
E bom é o asno que me leva."
Filha, "no Chão de Couce
Quem não puder andar choute."
E: "mais quero eu quem m'adore
Que quem faça com que chore."
Chamá-lo-ei, Inês?

Inês
Si.

Venha e veja-me a mi.
Quero ver quando me vir
Se perderá o presumir
Logo em chegando aqui,
Pera me fartar de rir.

Mãe
Touca-te, se cá vier
Pois que pera casar anda.

Inês
Essa é boa demanda!
Cerimônias há mister
Homem que tal carta manda?
Eu o estou cá pintando:
Sabeis, mãe, que eu adivinho?
Deve ser um vilãozinho
Ei-lo, se vem penteando:
Será com algum ancinho?

Aqui vem Pêro Marques, vestido como filho de lavrador rico, com um gabão azul deitado ao ombro, com o capelo por diante, e vem dizendo:

Pêro
Homem que vai aonde eu vou
Não se deve de correr
Ria embora quem quiser
Que eu em meu siso estou.
Não sei onde mora aqui...
Olhai que m'esquece a mi!
Eu creio que nesta rua...
E esta parreira é sua.
Já conheço que é aqui.

Chega Pêro Marques aonde elas estão, e diz:
Digo que esteis muito embora.
Folguei ora de vir cá...
Eu vos escrevi de lá
Uma cartinha, senhora...
E assi que de maneira...

Mãe
Tomai aquela cadeira.

Pêro
E que val aqui uma destas?

Inês
(Ó Jesus! que João das bestas!
Olhai aquela canseira!)

Assentou-se com as costas pera elas, e diz:

Pêro
Eu cuido que não estou bem...

Mãe
Como vos chamais, amigo?

Pêro
Eu Pêro Marques me digo,
Como meu pai que Deos tem.
Faleceu, perdoe-lhe Deos,
Que fora bem escusado,
E ficamos dous eréos.
Porém meu é o mor gado.

Mãe
De morgado é vosso estado?
Isso viria dos céus.

Pêro
Mais gado tenho eu já quanto,
E o mor de todo o gado,
Digo maior algum tanto.
E desejo ser casado,
Prouguesse ao Espírito Santo,
Com Inês, que eu me espanto
Quem me fez seu namorado.
Parece moça de bem,
E eu de bem, era também.
Ora vós era ide vendo
Se lhe vem melhor ninguém,
A segundo o que eu entendo.

Cuido que lhe trago aqui
Pêras da minha pereira...
Hão-de estar na derradeira.
Tende ora, Inês, per i.

Inês
E isso hei de ter na mão?

Pêro
Deitae as peas no chão.

Inês
As perlas pera enfiar...
Três chocalhos e um novelo...
E as peias no capelo...
E as peras? Onde estão?

Pêro
Nunca tal me aconteceu!
Algum rapaz m'as comeu...
Que as meti no capelo,
E ficou aqui o novelo,
E o pente não se perdeu.
Pois trazia-as de boa mente...

Inês
Fresco vinha aí o presente
Com folhinhas borrifadas!

Pêro
Não, que elas vinham chentadas
Cá em fundo no mais quente.

Vossa mãe foi-se? Ora bem...
Sós nos leixou ela assi?...
Cant'eu quero-me ir daqui,
Não diga algum demo alguém...

Inês
Vós que me havíeis de fazer?
Nem ninguém que há-de dizer?
(O galante despejado!)

Pêro
Se eu fora já casado,
D'outra arte havia de ser
Como homem de bom recado.

Inês
(Quão desviado este está!
Todos andam por caçar
Suas damas sem casar
E este... tomade-o lá!)

Pêro
Vossa mãe é lá no muro?

Inês
Minha mãe eu vos seguro
Que ela venha cá dormir.

Pêro
Pois, senhora, eu quero-me ir
Antes que venha o escuro.

Inês
E não cureis mais de vir.

Pêro
Virá cá Lianor Vaz,
Veremos que lhe dizeis...

Inês
Homem, não aporfieis,
Que não quero, nem me apraz.
Ide casar a Cascais.

Pêro
Não vos anojarei mais,
Ainda que saiba estalar;
E prometo não casar
Até que vós não queirais.

(Pêro vai-se, dizendo:)
Estas vos são elas a vós:
Anda homem a gastar calçado,
E quando cuida que é aviado,
Escarnefucham de vós!
Creo que lá fica a pea...
Pardeus! Bô ia eu à aldeia!

(Voltando atrás)
Senhora, cá fica o fato?

Inês
Olhai se o levou o gato...

Pêro
Inda não tendes candea?
Ponho per cajo que alguém
Vem como eu vim agora,
E vos acha só a tal hora:
Parece-vos que será bem?
Ficai-vos ora com Deos:
Çarrai a porta sobre vós
Com vossa candeazinha.
E sicais sereis vós minha,
Entonces veremos nós...

(Vai-se Pêro Marques e diz Inês Pereira:)

Inês
Pessoa conheço eu
Que levara outro caminho...
Casai lá com um vilãozinho,
Mais covarde que um judeu!
Se fora outro homem agora,
E me topara a tal hora,
Estando assi às escuras,
Dissera-me mil doçuras,
Ainda que mais não fora...

(Vem a Mãe e diz:)

Mãe
Pêro Marques foi-se já?

Inês
E pera que era ele aqui?

Mãe
E não t'agrada ele a ti?

Inês
Vá-se muitieramá!
Que sempre disse e direi:
Mãe, eu me não casarei
Senão com homem discreto,
E assi vo-lo prometo
Ou antes o deixarei.

Que seja homem malfeito,
Feio, pobre, sem feição,
Como tiver discrição,
Não lhe quero mais proveito.
E saiba tanger viola,
E coma eu pão e cebola.
Sequer uma cantiguinha!
Discreto, feito em farinha,
Porque isto me degola.

Mãe
Sempre tu hás de bailar
E sempre ele há-de tanger?
Se não tiveres que comer
O tanger te há-de fartar?

Inês
Cada louco com sua teima.
Com uma borda de boleima
E uma vez d'água fria,
Não quero mais cada dia.

Mãe
Como às vezes isso queima!
E que é desses escudeiros?

Inês
Eu falei ontem ali
Que passaram por aqui
Os judeus casamenteiros
E hão-de vir agora aqui.

Aqui entram os Judeus casamenteiros, um, Latão, e outro, Vidal, e diz Latão:

Latão
Ou de cá!

Inês
Quem está lá?

Vidal
Nome del Deu, aqui somos!

Latão
Não sabeis quão longe fomos!

Vidal
Corremos a iramá.
Este e eu.

Latão
Eu, e este...

Vidal
Pola lama e polo pó,
Que era pera haver dó,
Com chuva, sol e Nordeste.
Foi a coisa de maneira,
Tal friúra e tal canseira,
Que trago as tripas maçadas.
Assi me fadem boas fadas
Que me saltou caganeira!

Pera vossa mercê ver
O que nos encomendou.

Latão
O que nos encomendou
Será o que houver de ser
Todo este mundo é fadiga
Vós dissestes, filha amiga,
Que vos buscássemos logo...

Vidal
E logo pujemos fogo...

Latão
Cala-te!

Vidal
Não queres que diga?

Não fui eu também contigo?
Tu e eu não somos eu?
Tu judeu e eu judeu,
Não somos massa dum trigo?

Latão
Deixa-me falar.

Vidal
Já calo.
Senhora, fomos... agora falo,
Ou falas tu?

Latão
Dize, que dizias?
Que foste, que fomos, que ias
Buscá-lo, esgravatá-lo...

Vidal
Vós, amor, quereis marido
Mui discreto, e de viola?

Latão
Esta moça não é tola,
Que quer casar per sentido...

Vidal
Judeu, queres-me deixar?

Latão
Deixo, não quero falar.

Vidal
Buscamo-lo...

Latão
Demo foi logo!
Crede que o vosso rogo
Vencerá o Tejo e o mar.

Eu cuido que falo e calo...
Calo eu agora ou não?
Ou falo se vem à mão?
Não digas que não te falo.

Inês
Jesus! Guarde-me ora Deus!
Não falará um de vós?
Já queria saber isso...

Mãe
Que siso, Inês, que siso
Tens debaixo desses véus...

Inês
Diz o exemplo da velha:
"O que não haveis de comer
Deixai-o a outrem mexer".

Mãe
Eu não sei quem t'aconselha...

Inês
Enfim, que novas trazeis?

Vidal
O marido que quereis,
De viola e dessa sorte,
Não no há senão na corte
Que cá não no achareis.

Falamos a Badajoz,
Músico, discreto, solteiro.
Este fora o verdadeiro,
Mas soltou-se-nos da noz.
Fomos a Vilhacastim
E falou-nos em latim:
– "Vinde cá daqui a uma hora,
E trazei-me essa senhora".

Inês
Assi que é tudo nada enfim!

Vidal
Esperai, aguardai ora!
Soubemos dum escudeiro
De feição d'atafoneiro
Que virá logo essa hora,
Que fala... e com' ora fala!
Estrugirá esta sala.
E tange... e com' ora tange!
E alcança quanto abrange,
E se preza bem da gala.

Vem o Escudeiro, com seu Moço, que lhe traz uma viola, e diz, falando só:

Escudeiro
Se esta senhora é tal
Como os Judeus ma gabaram,
Certo os anjos a pintaram,
E não pode ser i al.
Diz que os olhos com que via
Foram de Santa Luzia,
Cabelos, da Madalena...
Se fosse moça tão bela,
Como donzela seria?

Moça de vila será ela
Com sinalzinho postiço,
E sarnosa no toutiço,
Como burra de Castela.
Eu, assi como chegar
Cumpre-me bem atentar
Se é garrida, se honesta,
Porque o melhor da festa
É achar siso e calar.

(Falando para Inês:)

Mãe
Se este escudeiro há-de vir
E é homem de discrição,
Hás-te de pôr em feição,
De falar pouco e não rir
E mais, Inês, não muito olhar
E muito chão o menear
Por que te julguem por muda,
Porque a moça sisuda
É uma perla pera amar.

(Falando para o criado:)

Escudeiro
Olha cá, Fernando, eu vou
Ver a com que hei de casar.
Avisa-te, que hás de estar
Sem barrete onde eu estou.

Moço
(Como a rei! Corpo de mi!
Mui bem vai isso assi...)

Escudeiro
E, se cuspir, pela ventura,
Põe-lhe o pé e faz mesura.

Moço
(Ainda eu isso não vi!)

Escudeiro
E se me vires mentir
Gabando-me de privado,
Está tu dissimulado,
Ou sai-te pera fora a rir
Isto te aviso daqui,
Faze-o por amor de mi.

Moço
Porém, senhor digo eu
Que mau calçado é o meu
Pera estas vistas assi.

Escudeiro
Que farei, que o sapateiro
Não tem solas nem tem pele?

Moço
Sapatos me daria ele,
Se me vós désseis dinheiro...

Escudeiro
Eu o haverei agora.
E mais calças te prometo.

Moço
(Homem que não tem nem preto,
Casa muito na má hora.)

    Chega o Escudeiro onde está Inês Pereira, e levantam-se todos, e fazem suas mesuras, e diz o Escudeiro:

Escudeiro
Antes que mais diga agora,
Deus vos salve, fresca rosa,
E vos dê por minha esposa,
Por mulher e por senhora;
Que bem vejo
Nesse ar, nesse despejo,
Mui graciosa donzela,
Que vós sois, minha alma, aquela
Que eu busco e que desejo.
Obrou bem a Natureza
Em vos dar tal condição
Que amais a discrição
Muito mais que a riqueza.
Bem parece
Que a discrição merece
Gozar vossa fermosura,
Que é tal que, de ventura,
Outra tal não se acontece.
Senhora, eu me contento
Receber vos como estais:
Se vós vos não contentais,
O vosso contentamento
Pode falecer no mais.

Latão
(Como fala!

Vidal
E ela como se cala!
Tem atento o ouvido...
Este há-de ser seu marido,
Segundo a coisa s'abala.)

Escudeiro
Eu não tenho mais de meu,
Somente ser comprador
Do Marechal meu senhor
E são escudeiro seu.
Sei bem ler
E muito bem escrever
E bom jogador de bola,
E quanto a tanger viola,
Logo me vereis tanger
Moço, que estais lá olhando?

Moço
Que manda Vossa Mercê?

Escudeiro
Que venhais cá.

Moço
Pera quê?

Escudeiro
Por que faças o que eu mando!

Moço
Logo vou.
(O Diabo me tomou:
Sair me de João Montês
Por servir um tavanês
Mor doudo que Deus criou!)

Escudeiro
Fui despedir um rapaz
Que valia Perpinhão,
Por tomar este ladrão.
Moço!

Moço
Que vos praz?

Escudeiro
A viola.

Moço
(Oh! como ficará tola
Se não fosse casar ante
Co mais sáfio bargante
Que coma pão e cebola!)
Ei-la aqui bem temperada,
Não tendes que temperar

Escudeiro
Faria bem de te quebrar
Na cabeça bem migada!

Moço
E se ela é emprestada,
Quem na havia de pagar?
Meu amo, eu quero m'ir.

Escudeiro
E quando queres partir?

Moço
Ante que venha o Inverno,
Porque vós não dais governo
Pera vos ninguém servir.

Escudeiro
Não dormes tu que te farte?

Moço
No chão, e o telhado por manta...
E çarra-se m'a garganta
Com fome.

Escudeiro
Isso tem arte...

Moço
Vós sempre zombais assi.

Escudeiro
Oh que boas vozes tem
Esta viola aqui!
Deixa-me casar a mi,
Depois eu te farei bem.

Mãe
Agora vos digo eu
Que Inês está no Paraíso!

Inês
Que tendes de ver co isso?
Todo o mal há-de ser meu.

Mãe
Quanta doidice!

Inês
Oh! Como é seca a velhice!
Deixai-me ouvir e folgar,
Que não me hei de contentar
De casar com parvoíce.
Pode ser maior riqueza
Que um homem avisado?

Mãe
Muitas vezes, mal pecado, é melhor boa simpleza.

Latão
Ora ouvi, e ouvireis.
Escudeiro, cantareis
Alguma boa cantadela.
Namorai esta donzela
E esta cantiga direis:

Canta o Judeu

"Canas do amor, canas,
canas do amor
Polo longo dum rio
Carnaval vi florido,
Canas do amo."

Canta o Escudeiro o romance "Mal me quieren en Castilla" e diz Vidal:

Vidal
Latão, já o sono é comigo
Como ouço cantar guaiado,
Que não vai esfandegado...

Latão
Esse é o Demo que eu digo!
Viste cantar Dona Sol:
Pelo mar voy a vela,
Vela vay pelo mar?

Vidal
Filha Inês, assi vivais
Que tomeis esse senhor
Escudeiro cantador
E caçador de pardais,
Sabedor revolvedor

Falador gracejador
Afoitado pela mão,
E sabe de gavião...
Tomai-o por meu amor.

Podeis topar um rabugento,
Desmazelado, baboso,
Descancarado, brigoso,
Medroso, carapatento.
Este escudeiro, aosadas,
Onde se derem pancadas,
Ele as há-de levar
Boas, senão apanhar...
Nele tendes boas fadas.

Mãe
Quero rir com toda a mágoa
Destes teus casamenteiros!
Nunca vi Judeus ferreiros
Aturar tão bem a frágoa.
Não te é melhor mal por mal,
Inês, um bom oficial,
Que te ganhe nessa praça,
Que é um escravo de graça,
E mais casas com teu igual?

Latão
Senhora, perdei cuidado:
O que há-de ser há-de ser;
E ninguém pode tolher
O que está determinado.

Vidal
Assi diz Rabi Zarão.

Mãe
Inês, guar'-te de rascão!
Escudeiro queres tu?

Inês
Jesus, nome de Jesus!
Quão fora sois de feição!

Já minha mãe adivinha...
Folgastes vós na verdade
Casar à vossa vontade?
Eu quero casar à minha.

Mãe
Casa, filha, muit'embora.

Escudeiro
Dai-me essa mão, senhora.

Inês
Senhor de mui boa mente.

Escudeiro
Per palavras de presente
Vos recebo desd'agora.

Nome de Deus, assi seja!
Eu, Brás da Mata, Escudeiro,
Recebo a vós, Inês Pereira
Por mulher e por parceira
Como manda a Santa Igreja.

Inês
Eu, aqui diante Deus,
Inês Pereira, recebo a vós,
Brás da Mata, sem demanda,
Como a Santa Igreja manda.

Latão
Juro al Deu! Aí somos nós!

Os Judeus ambos

Alça manim, ó dona, ha!
Arreia espeçulá.
Bento o Deu de Jacob,
Bento o Deu que a Faraó.

Mãe
Espantou e espantará.
Bento o Deu de Abraão,
Benta a terra de Canão.
Para bem sejais casados!
Dai-nos cá senhos ducados.

Amanhã vo-los darão.

Pois assi é, bem será
Que não passe isto assi.
Eu quero chegar ali
Chamar meus amigos cá,
E cantarão de terreiro.

Escudeiro
Oh! Quem me fora solteiro!

Inês
Já vós vos arrependeis?

Escudeiro
Ó esposa, não faleis,
Que casar é cativeiro.

Aqui vem a Mãe com certas moças e mancebos pera fazerem a festa, e diz *uma delas, per nome Luzia*:

Luz.
Inês, por teu bem te seja!
Oh! que esposo e que alegria!

Inês
Venhas embora, Luzia,
E cedo t'eu assi veja.

Mãe
Ora vai tu ali, Inês,
E bailareis três por três.

Fernando
Tu conosco, Luzia, aqui,
E a desposada ali,
Ora vede qual direis.
Cantam todos a cantiga que se segue:

"Mal herida va la garça
Enamorada,
Sola va y gritos dava.
A las orillas de un rio
La garça tenia el nido;
Ballestero la ha herido
En el alma;
Sola va y gritos dava."

E, acabando de cantar e bailar, diz Fernando:

Fernando
Ora, senhores honrados,
Ficai com vossa mercê,
E nosso Senhor vos dê
Com que vivais descansados.
Isto foi assi agora,
Mas melhor será outr'hora.
Perdoai pelo presente:
Foi pouco e de boa mente.
Com vossa mercê, Senhora...
Luz.
Ficai com Deus, desposados,
Com prazer e com saúde,
E sempre Ele vos ajude
Com que sejais bem logrados.

Mãe
Ficai com Deus, filha minha,
Não virei cá tão asinha.
A minha bênção hajais.
Esta casa em que ficais
Vos dou, e vou-me à casinha.

Senhor filho e senhor meu,
Pois que já Inês é vossa,
Vossa mulher e esposa,
Encomendo-vo-la eu.
E, pois que des que nasceu
A outrem não conheceu,
Senão a vós, por senhor
Que lhe tenhais muito amor
Que amado sejais no céu.

Ida a Mãe, fica Inês Pereira e o Escudeiro. E senta-se Inês Pereira a lavrar e canta esta cantiga:

Inês
Si no os huviera mirado
No penara,
Pero tampouco os mirara.

O Escudeiro, vendo cantar Inês Pereira, mui agastado lhe diz:

Escudeiro
Vós cantais, Inês Pereira?
Em vodas m'andáveis vós?
Juro ao corpo de Deus
Que esta seja a derradeira!
Se vos eu vejo cantar
Eu vos farei assoviar...

Inês
Bofé, senhor meu marido,
Se vós disso sois servido,
Bem o posso eu escusar.

Escudeiro
Mas é bem que o escuseis,
E outras cousas que não digo!

Inês
Por que bradais vós comigo?

Escudeiro
Será bem que vos caleis.
E mais, sereis avisada
Que não me respondais nada,
Em que ponha fogo a tudo,
Porque o homem sisudo
Traz a mulher sopeada.

Vós não haveis de falar
Com homem nem mulher que seja;
Nem somente ir à igreja
Não vos quero eu deixar
Já vos preguei as janelas,
Porque não vos ponhais nelas.
Estareis aqui encerrada
Nesta casa, tão fechada
Como freira d'Oudivelas.

Inês
Que pecado foi o meu?
Por que me dais tal prisão?

Escudeiro
Vós buscastes discrição,
Que culpa vos tenho eu?
Pode ser maior aviso,
Maior discrição e siso
Que guardar o meu tesouro?
Não sois vós, mulher meu ouro?
Que mal faço em guardar isso?

Vós não haveis de mandar
Em casa somente um pelo.
Se eu disser: – isto é novelo –
Havei-lo de confirmar
E mais quando eu vier
De fora, haveis de tremer;
E cousa que vós digais
Não vos há-de valer mais
Que aquilo que eu quiser.

(Para o criado)

Moço, às Partes d'Além
Me vou fazer cavaleiro.

Moço
(Se vós tivésseis dinheiro
Não seria senão bem...)

Escudeiro
Tu hás-de ficar aqui.
Olha, por amor de mi,
O que faz tua senhora:
Fechá-la-ás sempre de fora.

(Para *Inês*)

Vós lavrai, ficai per i.

Moço
Co dinheiro que deixais
Não comerei eu galinhas...

Escudeiro
Vai-te tu por essas vinhas,
Que diabo queres mais?

Moço
Olhai, olhai, como rima!
E depois de ida a vindima?

Escudeiro
Apanha desse rabisco.

Moço
Pesar ora de São Pisco!
Convidarei minha prima...

E o rabisco acabado,
Ir me-ei espojar às eiras?

Escudeiro
Vai-te per essas figueiras,
E farta-te, desmazelado!

Moço
Assi?

Escudeiro
Pois que cuidavas?
E depois virão as favas.
Conheces túbaras da terra?

Moço
I-vos vós, embora, à guerra,
Que eu vos guardarei oitavas...

Ido o Escudeiro, diz o Moço:

Moço
Senhora, o que ele mandou
Não posso menos fazer.

Inês
Pois que te dá de comer
Faze o que t'encomendou.

Moço
Vós fartai-vos de lavrar
Eu me vou desenfadar
Com essas moças lá fora:
Vós perdoai-me, senhora,
Porque vos hei de fechar.

Aqui fica Inês Pereira só, fechada, lavrando e cantando esta cantiga:

Inês
"Quem bem tem e mal escolhe
Por mal que lhe venha não s'anoje."
Renego da discrição
Comendo ò demo o aviso,
Que sempre cuidei que nisso
Estava a boa condição.
Cuidei que fossem cavaleiros
Fidalgos e escudeiros,
Não cheios de desvarios,
E em suas casas macios,
E na guerra lastimeiros.

Vede que cavalarias,
Vede que já mouros mata
Quem sua mulher maltrata
Sem lhe dar de paz um dia!
Sempre eu ouvi dizer
Que o homem que isto fizer
Nunca mata drago em vale
Nem mouro que chamem Ale:
E assi deve de ser.

Juro em todo meu sentido
Que se solteira me vejo,
Assi como eu desejo,
Que eu saiba escolher marido,
À boa-fé, sem mau engano,
Pacífico todo o ano,
E que ande a meu mandar
Havia m'eu de vingar
Deste mal e deste dano!

Entra o Moço com uma carta de Arzila, e diz:

Moço
Esta carta vem d'Além
Creio que é de meu senhor.

Inês
Mostrai cá, meu guarda-mor
E veremos o que i vem.
Lê o sobrescrito.
"À mui prezada senhora
Inês Pereira da Grã,
À senhora minha irmã."
De meu irmão... Venha embora!

Moço
Vosso irmão está em Arzila?
Eu apostarei que i vem
Nova de meu senhor também.

Inês
Já ele partiu de Tavila?

Moço
Há três meses que é passado.

Inês
Aqui virá logo recado
Se lhe vai bem, ou que faz.

Moço
Bem pequena é a carta assaz!

Inês
Carta de homem avisado.

Lê Inês Pereira a carta, a qual diz:

"Muito honrada irmã,
Esforçai o coração
E tomai por devoção
De querer o que Deus quiser."
E isto que quer dizer?
"E não vos maravilheis
De cousa que o mundo faça,
Que sempre nos embaraça
Com cousas. Sabei que indo
Vosso marido fugindo
Da batalha pera a vila,
A meia légua de Arzila,
O matou um mouro pastor."

Moço
Ó meu amo e meu senhor!

Inês
Dai-me vós cá essa chave
E i buscar vossa vida.

Moço
Oh que triste despedida!

Inês
Mas que nova tão suave!
Desatado é o nó.
Se eu por ele ponho dó,
O Diabo me arrebente!
Pera mim era valente,
E matou-o um mouro só!

Guardar de cavaleirão,
Barbudo, repetenado,
Que em figura de avisado
É malino e sotrancão.
Agora quero tomar
Pera boa vida gozar,
Um muito manso marido.
Não no quero já sabido,
Pois tão caro há de custar.

Aqui vem Lianor Vaz, e finge Inês Pereira estar chorando, e diz Lianor Vaz:

Lianor
Como estais, Inês Pereira?

Inês
Muito triste, Lianor Vaz.

Lianor
Que fareis ao que Deus faz?

Inês
Casei por minha canseira.

Lianor
Se ficaste prenhe basta.

Inês
Bem quisera eu dele casta,
Mas não quis minha ventura.

Lianor
Filha, não tomeis tristura,
Que a morte a todos gasta.

O que havedes de fazer?
Casade-vos, filha minha.
Inês Jesus! Jesus! Tão asinha!
Isso me haveis de dizer?
Quem perdeu um tal marido,
Tão discreto e tão sabido,
E tão amigo de minha vida?

Dai isso por esquecido,
E buscai outra guarida.

Pêro Marques tem, que herdou,
Fazenda de mil cruzados.
Mas vós quereis avisados...

Inês
Não! Já esse tempo passou.
Sobre quantos mestres são
Experiência dá lição.

Lianor
Pois tendes esse saber
Querei ora a quem vos quer
Dai ò demo a opinião.

Vai Lianor Vaz por Pêro Marques, e fica
Inês Pereira só, dizendo:

Inês
Andar! Pêro Marques seja.
Quero tomar por esposo
Quem se tenha por ditoso
De cada vez que me veja.
Por usar de siso mero,
Asno que me leve quero,
E não cavalo folão.
Antes lebre que leão,
Antes lavrador que Nero.

Vem Lianor Vaz com Pêro Marquez, e diz Lianor Vaz:

Lianor
Não mais cerimônias agora;
Abraçai Inês Pereira
Por mulher e por parceira.

Pêro
Há homem empacho, má-hora,
Cant'a dizer abraçar...
Depois que a eu usar
Entonces poderá ser:

Inês
(Não lhe quero mais saber
Já me quero contentar..)

Lianor
Ora dai-me essa mão cá.
Sabeis as palavras, si?

Pêro
Ensinaram-mas a mi,
Porém esquecem-me já...

Lianor
Ora dizei como digo.

Pêro
E tendes vós aqui trigo
Pera nos jeitar por riba?

Lianor
Inda é cedo... Como rima!

Pêro
Soma, vós casais comigo,

E eu com vosco, pardelhas!
Não cumpre aqui mais falar
E quando vos eu negar
Que me cortem as orelhas.

Lianor
Vou-me, ficai-vos embora.

Inês
Marido, sairei eu agora,
Que há muito que não saí?

Pêro
Si, mulher saí-vos i,
Qu'eu me irei pera fora.

Inês
Marido, não digo isso.

Pêro
Pois que dizeis vós, mulher?

Inês
Ir folgar onde eu quiser.

Pêro
I onde quiserdes ir,
Vinde quando quiserdes vir
Estai onde quiserdes estar.
Com que podeis vós folgar
Qu'eu não deva consentir?

Vem um Ermitão a pedir esmola, que em moço lhe quis bem, e diz:

Señores, por caridad
Dad limosna al dolorido
Ermitaño de Cupido
Para siempre en soledad.
Pues su siervo soy nacido.
Por ejemplo,
Me meti en su santo templo
Ermitaño en pobre ermita,
Fabricada de infinita
Tristeza en que contemplo,

*Adonde rezo mis horas
Y mis dias y mis años,
Mis servicios y mis daños,
Donde tu, mi alma, lloras
El fin de tantos engaños.
Y acabando
Las horas, todas llorando,
Tomo las cuentas una y una,
Con que tomo a la fortuna
Cuenta del mal en que ando,
Sin esperar paga alguna.*

*Y ansi sin esperanza
De cobrar lo merecido,
Sirvo alli mis dias Cupido
Con tanto amor sin mudanza,
Que soy su santo escogido.
Ó señores,
Los que bien os va d'amores,
Dad limosna al sin holgura,
Que habita en sierra oscura,
Uno de los amadores
Que tuvo menos ventura.*

Y rogaré al Dios de mi,
En quien mis sentidos traigo,
Que recibais mejor pago
De lo que yo recebi
En esta vida que hago.
Y rezaré
Con gran devocion y fé,
Que Dios os libre d'engaño,
Que esso me hizo ermitaño,
Y pera siempre seré,
Pues pera siempre es mi daño.

Inês
Olhai cá, marido amigo,
Eu tenho por devoção
Dar esmola a um ermitão.
E não vades vós comigo.

Pêro
I-vos embora, mulher
Não tenho lá que fazer.

(Inês fala a sós com o Ermitão):

Inês
Tomai a esmola, padre, lá,
Pois que Deus vos trouxe aqui.

Ermitão
Sea por amor de mi
Vuesa buena caridad.
Deo gratias, mi señora!
La limosna mata el pecado,
Pero vos teneis cuidado
De matar-me cada hora.
Deveis saber
Para merced me hacer
Que por vos soy ermitaño.
Y aun más os desengaño:
Que esperanças de os ver
Me hizieron vestir tal paño.

Inês
Jesus, Jesus! Manas minhas!
Sois vós aquele que um dia
Em casa de minha tia
Me mandastes camarinhas,
E quando aprendia a lavrar
Mandáveis-me tanta cousinha?
Eu era ainda Inesinha,
Não vos queria falar.

Ermitão
Señora, tengo-os servido
Y vos a mi despreciado;
Haced que el tiempo pasado
No se cuente por perdido.

Inês
Padre, mui bem vos entendo
Ó demo vos encomendo,
Que bem sabeis vós pedir!
Eu determino lá d'ir
À ermida, Deus querendo.

Ermitão
E quando?

Inês
I-vos, meu santo,
Que eu irei um dia destes
Muito cedo, muito prestes.

Ermitão
Señora, yo me voy en tanto.

(Inês torna para Pêro Marques):

Inês
Em tudo é boa a conclusão.
Marido, aquele ermitão
É um anjinho de Deus...

Pêro
Corregê vós esses véus
E ponde-vos em feição.

Inês
Sabeis vós o que eu queria?

Pêro
Que quereis, minha mulher?

Inês
Que houvésseis por prazer
De irmos lá em romaria.

Pêro
Seja logo, sem deter.

Inês
Este caminho é comprido...
Contai uma história, marido.

Pêro
Bofá que me praz, mulher.

Inês
Passemos primeiro o rio.
Descalçai-vos.

Pêro
E pois como?

Inês
E levar me-eis no ombro,
Não me corte a madre o frio.

Põe-se Inês Pereira às costas do marido, e diz:

Inês
Marido, assi me levade.

Pêro
Ides à vossa vontade?

Inês
Como estar no Paraíso!

Pêro
Muito folgo eu com isso.

Inês
Esperade ora, esperade!
Olhai que lousas aquelas,
Pera poer as talhas nelas!

Pêro
Quereis que as leve?

Inês
Si.
Uma aqui e outra aqui.
Oh como folgo com elas!

Cantemos, marido, quereis?

Pêro
Eu não saberei entoar...

Inês
Pois eu hei só de cantar
E vós me respondereis
Cada vez que eu acabar:
"Pois assi se fazem as cousas."

Canta Inês Pereira:

Inês
"Marido cuco me levades
E mais duas lousas."

Pêro
"Pois assi se fazem as cousas."

Inês
"Bem sabedes vós, marido,
Quanto vos amo.
Sempre fostes percebido
Pera gamo.
Carregado ides, noss'amo,
Com duas lousas."

Pêro
"Pois assi se fazem as cousas."

Inês
"Bem sabedes vós, marido,
Quanto vos quero.
Sempre fostes percebido
Pera cervo.
Agora vos tomou o demo
Com duas lousas."

Pêro
"Pois assi se fazem as cousas."

E assi se vão, e se acaba o dito Auto.

Este livro foi impresso pela Gráfica Grafilar
em fonte Minion Pro sobre papel UP Cream 70 g/m²
para a Via Leitura no outono de 2022.